청어詩人選 282

그곳에 가면

김성수 시집

도서출판 청어

시집을 내며

뒤돌아보면 실로 먼 길을 휘청이며 걸어왔다.
늦가을 잎 내린 은행나무처럼 헐벗은 영혼을 이끌고
어디로 가고 있는 것일까?
절박한 심정으로 외롭고 힘들어도
시를 쓴다.
시는 나의 위로이며 희망이다.

우리말의 아름다움에 이끌려
순수 우리말을 길어내려 노력했다.
마음을 비워 행복한 오늘
모든 것이 신비롭고 아름답다.
마치 어린아이처럼…

김성수

차례

9부 기러기 오딧세이

1부

그곳에 가면

그곳에 가면

선운사
옛 연인의 이름 같은

풍경소리
달무리에 스미는 밤

스님은
해탈을 염원하며
목탁을 두드리고

졸음 겨운 동자승은
달마가 버리고 간
신발을 찾는가

그곳에 가면
동박새 꿀을 따는
동백이 있고

가는 허리 휘청이며
임 부르듯

한 맺힌
그리움을 토해 내는
상사화가 있다

그곳에 가면

섬진강 연가

섬진강
산 그림자 드리우면
하동포구 팔십 리가
꽃 빛으로 타오른다

꽃잎 날리는 섬진강엔
은어 잡이 강태공
낚싯줄 듣는 소리

뱃전을 흔드는 어부의 꿈

강굴 횟집
도리뱅뱅이 굽는 냄새에
소줏잔이 따라 돌고

날리는 꽃바람에
임 생각이 피어난다

섬진강 뱃길 따라
인생도 흐르는가

두꺼비 없는 섬진강엔
애수哀愁만 넘실대네

갑사甲寺에서 온 편지

계룡산 산자락
사락사락 잎 진가지

건너던 돌다리
맑은 물소리 그대로인데

까까머리 친구들 다 어디 가고
느티나무 속 비어
나를 반겨 주네

소슬바람에 나부끼는 흰머리
대웅전을 거닌다

어느 시인 *백발 된 꿈을 꾸고
꿈속에 울었다 했나

여승의 독경 소리에
풍경이 웁니다

*李賀 夢泣生白頭

때 이른 낙화여
—비 오는 현충일 아침에

꽃 피는 계절
그 꽃 다 피기도 전에
때 이른 낙화여

못다 한 말이
못다 한 가슴이

비로 내려와
비로 내려와
하염없는 비로 내려와

이 땅의
메마른 산하를 적시네

져서도 조국의 푸르름을
목말라 하는 임

임이여
임이여
자랑스런 임이시여

거문도

햇빛 맑은 날이면
제주도가 아슴한 바닷길

바닷물 넘나드는 *무너미

삼도 등대 추파에
춤추는 뱃고동 소리

은갈치 퍼떡이는
만선의 깃발

동박새 나래 펴면
산다화 석양에 물드는
선술집 소줏잔에 정이 넘치네

파시도 문장가도
흔적 없건만

파시의 웅성임이
귓전에 들리는 듯

작부가 따라주던
술 맛이 이랬을까

*바닷물이 빠지면 드러나는 길

홍어

등잔불 흔들리는 저녁
밥 달라 칭얼대는
어린 동생을 재워놓고
허기진 집을 나선다

버려진 땅
황토 가루 날리는
피 같은 정든 마을 떠나
밤차에 몸을 싣고

녹두장군
핏발 서린
만경 뜰 뒤로하고
안갯속을 달린다

지리산에 찢기고
섬진강에 피 흘린
목 꺾인 깃발을 치켜든다

봉천동 산 번지에서
신림동 달동네에서

평화 시장에서
YH 현장에서

중동에서
탄관총에서

속까지 다 삭아야 제 맛 들었다 할 건가

독도 예찬

선홍빛 노을 지는 수평선
갈매기 반겨주는 외로운 섬

일렁이는 파도 다독이며
바다제비 품어온 너의 모정을
외로운 정령들을 보듬어온 그 안온함을

밀려오는 파도에도 천년의 정절을 지켜
하늘을 열어가는 너의 장엄한 모습을

동해에 타오르는 붉은 태양을 보며
우뚝 솟아 굳게굳게 지켜온 너의 혼을

억센 파도 벗 삼아 억만년 솟아온 너의 위용을
그 깊고 깊은 뿌리를

등대 높여 어둠 밝혀주는
생명의 빛으로

해국海菊 번져 가는 외로운 섬
혼 바쳐 너를 지켜 주리라

독도여
독도여

가을

이 그리움

가슴에 묻어 두면

진주가 될까

바위구절초

흰 구름 몰려
솔바람에 스치우는
아홉 마디 휘어지는 꽃

벼랑 위에 걸린
가녀린 꿈이여 향기여

먼
하늘 바라보며
억만년 깊어 온
침묵의 바위 위에

깊은 산 허허로워
홀로 피는가

고독한 전설을 가슴에 묻고
산의 깊이를 재는

아
구절초 피어 가을인가

*높은 산 정상 부근 바위틈에 피는 꽃

어머니 사랑

땅거미 짙어가는
시오리 시골길을

다 큰 자식 업으시고
머리에 광주리 손엔 보따리

나야 콧노래 부르지만
어머니 땀 내음 묻어오던
가쁜 숨소리가
사랑인 줄 몰랐습니다

한여름
감자밭 일구시고 돌아오시는 저녁
쫓아나가 어머니 품에 안길 때 풍기던
그 흙냄새 땀 냄새가
사랑인 줄 몰랐습니다

못 됐다고 혼 내주라는 이웃집 아주머니
성화에 못 이겨 회초리 드시고
부르튼 종아리 어루만지시며
눈물 짓던 어머니
그것이 사랑인 줄 몰랐습니다

불내는 아궁이에 청솔을 지피시며
치마폭으로 훔치시던 눈물이
사랑인 줄 몰랐습니다

그 따순 가슴의 고동 소리 잊었을까
무심한 자식은 사바에 넋 나가
가시는 길 배웅도 못 했습니다

울 밑에 봉선화 피면 오시렵니까
어머니

남자의 마음은 갈대와 같다

여자는 생존을 위해
변심하고

남자는 권태로워
배신한다

2부

잊혀져 가는 것들

잊혀져 가는 것들

첫눈 내린 오늘
원고 정리하다 연필을 깎는다

처음 해 보는 일 인양
서툴기도 하고 신선하다

그래
한 면은 칼이 잘 나가고
한 면은 거칠었지

연필심 검은 가루가
사륵사륵 신문지 위에 떨어진다

연필심에 침 발라가며
국어 숙제도 하고
순이에게 사랑 편지도 썼을 게다

이기利器에 밀려 옛일이 되어버린
늦은 나이에 연필을 깎아본다

잊혀져 가는 것들이 너무 많은 것 같다
사랑방 메주 뜨던 냄새며
시골 마을의 푸근하던 정도 그러하고

어깨에 메고 가던 책보자기 속
달가닥거리며 따라오던
필통 속 연필 흔들리던 소리도

봉정사

하루에
두어 번 오는
버스를 타고
봉정사에 간다

산은 계절에 밀려
낙엽 져 가고

오색딱따구리 나무 찍는 소리에
전등 산이 울린다

승복 입은 여인
무릎 짚어가며 절 길을 오른다
무슨 사연이 있는 걸까

나도 한 짐 속세를 지고
숨을 몰아쉰다

마당에서 손님 맞는
*솔이의 눈매가 선하다
스님을 닮았나 보다

산사의 풍경소리
사바를 나섰는가

요사채 담 밑엔
소국이 하얗다

*절에서 기르는 개

인생

그대여,

꽃잎 진다
서러워마오

무지개 뜨는
노을도 있어라

식물도감

산목련
수줍게 고개 드는
산기슭엔

*조개풀
**개불알꽃 다정하고

숨 가쁘게 오른 언덕 위엔
오색 무지개 아스라이

애지게 흔들리던 돛단배

잦아드는 여울물 소리

*벼목과의 외떡잎식물
**난초과 복주머니난 속에 속하는 풀꽃

도봉을 오르며

아녀자들
싱그러운 웃음소리
담소가 정겹다

사박사박 밟히는
마사토 소리
정신이 맑아 온다

산사의 목탁 소리
혼을 닦는가

담 옆 기왓장에는
서원이 가득하다

자운봉에 빛이 서린다

내가
자운봉을 보는 것인지
자운봉이
나를 보는 것인지

지은 죄를
고하라는 것 같아
가슴 서늘하다

오늘 밤에도
망월사에 달은 뜨리라

내소사

능가산 산마루
까마귀 울음소리

어스름해 저녁
곰소 앞바다 노을 내리고

내소사 풍경 소리
전나무 숲길에 깔립니다

당나라 소정방이 다녀갔다 하여
내소사라 했던가

소정방은 이 길을 걸으며
무슨 생각을 했을까

의자왕의 뼛속까지 스미는
피맺힌 한을 알았을까

삼천 궁녀의
꽃다운 젊은 넋을 보았을까

천년을
보았을 능가산은 말이 없고
나그네 발길은 무겁기만 하다

홀딱 벗고새(검은등뻐꾸기)

홀딱 벗고새가 운다

무수골에
웬 홀딱 벗고새가 우나

어제 닭 우는 소리 들리더니
오늘은 홀딱 벗고새가 운다

언젠가
오지 산행을 하던 날도
홀딱 벗고새가 울었다

시골에서 자란 나도
처음 듣는 야한 새소리

옆에 가던 그녀가 미소 지으며
홀딱 벗고새라 알려준다

귀 기울여 들어보니
홀딱 벗고 홀딱 벗고

새는 보이지 않고
얄궂은 새소리만 들린다

해국海菊*

바닷소리에
잠들고

뱃고동 소리에
잠 깨는

해풍에 물드는
연보라 꽃잎

시월 바다 외로워
몸을 터는가

꽃잎에 가려진
애잔한 미소

바위틈에 번지는
쪽빛 그리움

*해국: 울릉도 해안가 암벽에 자생하는 꽃

우리 동네

어젯밤
메밀묵 장수 외침이 지나간 자리
새벽 공기 가르며 들려오는
닭 우는 소리가 어린 시절을 깨운다

도시에서
이런 소리를 들을 수 있다니

낮이면 등산객 발걸음 끊이지 않고
햇살 물든 파란 하늘 쏟아지는

우이암에서 흘러내린 물
무수천 갈대숲 흔들고
왜가리 날아와 송사리 훑치는 곳

봄 오면
치와와 뒤뚱뒤뚱 엄마 따라
징검다리 건너가겠지

트라우마

경포 해변이 눈을 뜬다
홍조 띤 얼굴

편서풍 산바람에
한계령이 눕는다

연못에 빠진 어린 소녀는
밤마다 악몽을 꾸었대

파도에 놀란 흰머리 소녀는
울산바위를 넘누나

가남휴게소 가락국수
노을이 진다

그리움은 밀물처럼

수평선
저 멀리
내리는 정념의 낙조

포구의
빈 고깃배
물결에 흔들리고

갈매기 서그런 날갯짓

갯비린내
상념에 젖어 오는데

노을 지고 달빛 어리면
가슴에 차오르는 그리움

사람아 사람아
하 그리운 사람아

3부

목련이 지던 날

세상살이

우리가 한평생 살면서
돈은 필수적이리라
훌륭한 스팩도 중요하겠지

하지만
돈은 일상샐활하는데
큰 불편 없으면 될 것 같고

보다 더 중요한 것은
그 사람이 살아가면서
주위에 어떤 영향을 미치느냐가
더 중요한 것 같다

인생은 덧 없는 것

임종 때
후회를 남기지 않고 떠날 수 있다면
잘 산 인생이라
할 수 있지 않을까

보리꽃 피는 밤

보리꽃 피는 밤이었나
쑥국새 울고 간 자리

그리움으로 핀 산다화 붉은 잎

임은 등 돌려 잠들고
소쩍새 흐느끼듯
밤을 사르네

어둠에 짓눌린 적막 속에

뒤뜰에 떨어지는
*미황사 풍경소리

시름에 잠긴 나그네
밤을 뒤척이네

*전라남도 해남군 달마산에 있는 절

돌단풍

십여 년 전
설악 십이선녀탕에서
시집온 돌단풍

섬섬옥수 고운 모습
폭 너른 잎으로
매년 화국을 꿈꾸더니

흐르는 세월에
꽃도 늙어 백발인지
올해는
하얀 꽃대가 올라왔다

맑은 햇살에 목욕하고
지친 나를 반겨 주던 너

그녀도 너를 닮아
지금쯤 백발일까

목련이 지던 날

신부의
드레스처럼 우아하고

아가씨
수줍은 미소처럼 상큼 한

티 없이 맑고 밝은
순결한 꽃이여

화사한 꽃잎
봄비에 젖어 목련이 지던 날

꽃잎은
하얗게 부서지고

그리움은
먹물처럼 번져가네

그 향기
가슴에 서려

잊으려 하면 더 닦아오는
애증의 아이러니

옛 생각(1)

봄이 오니
겨우내 잠잠하던 심사가 뒤뚱거린다

아직도 심연에 다 타지 않은
불씨라도 남아 있는 걸까

도회를 조금만 벗어나도
가슴 가득 느껴지는 봄의 정취

봄은 여인의 계절이라 했지만
무슨 일인지 지난 일들이
문득문득 떠오른다

저녁이면 마루터기에 모여
숨바꼭질하던
계집애들은 다 어디 갔을까

뒷산에 알 품던
산비둘기는 어디로 갔을까

바바리코트 깃 세우고
앞강에 나가 본다

황포돛배 세월에 묻혔을까
침묵의 강만 흐른다

봄나들이

호랑나비 춤추던 날
임이 쑥 뜯으러 가잔다
쑥떡 해준다고
차를 몰고 나룻 길지나 솔밭 길로
쑥 뜯으러 간다기에 쑥만 뜯는 줄 알았지
쑥 뜯을 일은 아직도 꿈만 같은데
민들레 고들빼기 캐기에 여념이 없다
오금은 저려 오고 허리가 끊어져도
일어설 기미조차 보이지 않는다
쑥떡 생각에 마음은 콩밭에 가 있지만
지칠 줄 모르는 그 집념에 숨이 막힌다

그래도
해 질 녘
보신탕 한 뚝배기에
웃음꽃이 핀다

어떤 전화

잘 있었어

더 붙잡지 않을게

수신 거부로 돌려놓을게
잘 지내

치마폭에 떨어지는 눈물

인생 영그는 소리

수련睡蓮

노을에 물든 고운 눈빛
심장에 꽂혀
나 그대 사랑했네

삼백예순날이 마흔 번이었나
꽃답던 그대 모습 사리어가고
얼굴엔 고운 주름 늘어만 가도

불꽃처럼 타오르던 사랑은
흔적으로 남아
아프다면 마음 아리다

은빛 마음결 너무 아름다워
오늘은 마음 매무새 여미고
그대 위해 기도하노라

꽃님
그대 한 송이 수련이어라

첫 만남

우린
전생에 오누이였나

이
낯설지 않음은

4부

살구꽃 피던 시절

살구꽃 피던 시절

새소리 눈 뜨는 아침
뜰에는 봄 내음 향기롭더니

아랫집
살구꽃 닮아 보조개 귀엽던 순이

꽃비 내려 맑은 날
살구나무 아래 쪼그리고 앉아
내가 아빠고 제가 엄마란다

밥상에 올려놓은 사금파리
큰 것은 밥그릇 국그릇
작은 것은 반찬 그릇이라고

빨리 가서 쌀 사와요 통통거릴 때
살구꽃잎 한 줌 집어
쌀이야 치마폭에 뿌려주면
해맑은 얼굴로 보조개 수줍게 웃더니

옷소매 잡아당기던 저녁
단발머리 살랑살랑 흔들며 멀어지던

능소화 지는 밤

창문 두드리는
빗소리는
임의 발자국
소리인가

능소화
애련한 기다림은
담을 넘는데

보고픈 마음
주홍으로 물들어
못 잊는 슬픔에
또 떨어집니다

담 밑에
주홍빛 그리움은
임 위한 꽃방석일까

기다리는 마음

땅거미 그리움 물고 오는 저녁
창밖으로 난 길에 눈길이 갑니다

복도에 돋아나는 구둣소리가
그녀 발자국 소리만 같다

오지도 않는 카톡에 눈이 가고
컬러링 없는 전화가 야속하기만 합니다

정적이 침실을 감싸는 고요한 밤
기다림에 대해 생각해 봅니다

사랑보다 더한
진실이 있을까 하고

첫사랑

복사꽃처럼 상큼한
너의 미소에
내 마음 흔들리고

그리움에
잠 못 이루는 밤
소쩍새 애달피 울어

이 어두움 걷히고 나면
고운 우리 임 뵈올 수 있을까

긴 어두움 너머로
먼동이 터 오네요

사랑의 흔적

그리도
걷고 싶지 않던 길을
습관처럼 또 걷는다

그녀의 숨결을 느끼며

보조개 피면
자지러지던 기억도

잡았던 손가락의 따사로움도
이젠 느낄 수 없다

유년의 줄 끊어진 연처럼
가멸가멸 멀어져 가는 그녀 모습

생각 말자 생각 말자 다짐해도
그리움은 안개처럼 피어오르고

보고픈 마음 밀물처럼 밀려온다

강가에서

−석별惜別

불면의 밤이 계속된다

말없이
검은 장갑을 건네주던 그녀
바라보는 눈빛이 아프다

헤어져도 아프지 않은 사람이 있고
헤어져선 못 살 것 같은 사람이 있다
이별 없는 사랑은 없는 것일까

서로의 아픔을 덜기 위해 이 길을 간다
어떻게 이 심연의 강을 건널 수 있을까

물망초 꽃말을 하던 강가
강물이 여울진다

떠나는 가을이 아쉬워
마지막 잎새는 손을 흔들고

강 건넛마을에는
하나둘 저녁별이 뜬다

까치가 울면

온 산이
꽃으로 붉은데

아카시아 가지 끝에
철옹성처럼 집을 짓고
까치가 운다

길조였다가
그리움이 된 새

까치가 울면 반가운 손님이
오신다 했으니

그리도 사랑했던 임
그리도 보고 싶은 임

보고픈 마음
안개꽃으로 피고
그리움 산을 넘는다

길어진 내 목처럼
붉은 해는 서산을 넘누나

목련처럼 순수하고
수련처럼 정결하던 임

오월이 간다

역병에 짓눌려
숨 한번
크게 쉬지 못하고
오월이 간다

그
아쉽던
오월을 보내며

아직
영글지 못한
아쉬움이 무르익어

석류처럼 붉어지는
유월이었으면

한가위

부푼 가슴
한 아름 안고

갈꽃 넘실대는
들녘 지나면

송사리 훌치던 앞 개울
싸리꽃 흔들리는 뒷동산

흰 수건 머리에 쓰시고
눈물 서그렁 반겨 주시던

작은누이 눈썹 닮은 하얀 송편

어머니 정성은
솔향으로 피어오르고

옥토끼 놀던 달
초가지붕에 떠오른다

봄이 오는 길목

또랑물 흐르는
천변에 나가면
버들개지 반가운 미소
수런대는 물소리

양지바른 곳엔
여린 쑥이 돋아나고
겨우내 잠자던
들풀이 고개를 든다

어느 것 하나
눈을 뗄 수가 없다
봄이 오고 있다

남녘에선
산수유 매화가 손짓한다

계절이 바뀌면
옛 친구도 생각나고
헤어진 임도 그립다

저기 꼬리 감춘 신작로
봄이 오고 있다

5부

한가위 무렵

옛 생각(2)

아랫말
정순이네 울타리 연분홍 살구꽃

우린 꽃잎 날리는 살구나무 아래서
소꿉놀이하곤 했다

덤덤하던 정순이
눈매 귀엽던 연숙이

누이들은
종다리 우는 들녘에서 쑥을 뜯고

아지랑이 넘어
끝없이 이어지던 신작로

아랫마을 마실 갔다
달구지에 매달려 오는 저녁

밥 짓는 연기가
동네 어귀에 깔린다

맹꽁이 우는 여름밤
작은누이랑 앞마당 멍석에 누워

고추 만지작거리며
은하수 건너 북두칠성에 간다

우린 화롯불에 고구마를 굽고
어머닌 초롱불에 버선을 깁는다

꽃가마 타고 기러기 울음 따라
시집간 작은누이

달빛에 실려오는
건넛마을 순이네 멍멍이 짓는 소리

뒷동산
여우 우는 소리에 밤이 깊어간다

가을을 보내며

기러기 울음 따라
낙엽이 가슴 깊이 쌓인다

해마다 지는 은행잎이
올해는 왜 이리 아쉬울까

연초록의 봄날도
물감처럼 푸르던 여름도
속절없이 지고

결실의 계절
철 지난 뜰엔
검불만 수북하다

손 흔들어
떠나보내노니
내년엔
산들바람으로 다시 올꺼나

한가위 무렵

저기
병풍처럼 산이 서 있고

산자락 끝
하얀 아파트

가느른 코스모스
고추잠자리

벼 이삭 알알이 영글어
타는 금빛에
너울져 흔들리는 들녘

차창 속 어린 공주
손 흔들며 지나가는

어디선가 바람이
산들산들 불어온다

고향 생각

초가지붕에
박 넝쿨 오르고
울 밑엔 봉선화

아지랑이 아롱아롱
강둑에 누워
풀피리 뽑아 불던

연분홍
복사꽃 사랑이 핀다

넝쿨장미 담을 넘는
옥이네
저녁밥 짓는 연기

노을에 물든 참새 떼
미루나무에 모여든다

해거름에 들려오는
정겨운 목소리 야야 밥 먹어라

해 저물어도 방패연은
하늘 높이 솟아오른다

이보다 더 아름다운 꽃이 있을까

이보다 더
아름다운 꽃이 있을까

잠든 모습을 보아도 예쁘고
화내는 모습을 보아도 예쁘다

너를 품고 열 달을 빌었으니
어찌 아니 고울 수 있을까

너라면 살이라도 내어 주고 싶고
너라면 뼈라도 나누어 주고 싶다

모든 것을 다 내어 주고
껍질만 남아도 회한은 없으리

모자가 냇가를 걷는다
앞서거니 뒤서거니

에미가 자식 보는 눈이 그윽하고
꼬마가 엄마 보는 눈에 꽃이 핀다

죽어도 못 잊을
한 몸이고 분신이다

도맛소리

토닥토닥
아침을 깨운다

정성을
다듬는 정갈한 소리

아이들이
공부 잘하기를

가족들이
승승장구하기를

단풍 드는 하늘에
소망이 무르익기를

전날의
아쉬움을 덜어내고

보랏빛 내일을 위해
마음을 다진다

온 가족이
평화롭고 건강하기를

가지런한 마음으로
빌고 있으리라

파문

이별의 아픔
채 아물기도 전

나
또 사랑을 하네
너 잊으려

유끼의 미소

조물주의 섬세함이 신비롭다
반 토막 난 주둥이 황망한 콧구멍
내가 가면 반기는 소리가 문밖까지 들린다
소파에라도 앉으면 내 무릎에 앉으려 안달이다
애틋한 정을 느끼게 된다
함께 사는 마리는 내 곁에 얼씬도 못 하게 한다
힘의 무게를 정확히 아는 녀석들

궂은비라도 내리는 날이면 강아지라도 키워볼까 싶지만
홀로 남겨두고 나돌아 다니기 미안한 마음에 망설이게 된다
우리 나이 육칠십 귀가 좋지 않다
예민해야 할 청각이 신통찮아 적은 소리는 잘 듣지 못한다

어떤 때는 친구보다 유끼가 더 보고 싶어 찾아간다
그녀 섭섭해 할까 말은 못 하고
옆집 아주머니 딸아이보다 강아지에 정이 더 가
친척 집에 주었다더니

유끼야
엄마 싱크대 옆에서 얼쩡거리지 마라
옆구리 차일라

심상

정적이 고인 밤
짙은 커피 향이
세속에 침전된 나를 본다

너무 이기적이지는 않았는지
증오에 찬 마음은 없었는지
끝없는 탐욕에 목말라 하지는 않았는지
용서받은 만큼 용서했는지

항상 정의를 추구하며
생각을 드높여
깊고 고요하게
낮은 곳으로 흐르게 하소서

다시 갈 수 없는 길

어린 공주가 아빠랑 엘리베이터에 오른다
웃음 사이로
이 하나가 빠져있다

"허, 이가 빠졌네"

보조개 피우며 수줍게 웃는다

"이제 예쁜이가 나올 거야"

나도 어제 이 하나가 빠졌다
그런데 예쁜이는 나올 것 같지 않다

밖에 나오니
흰 눈이 머리 위에 쌓인다

안빈낙도 安貧樂道

청매실 찻잔에
살콤한 향이 퍼진다

베토벤의 전원교향곡을 들으며
지인이 손수 만들어 보내준
시집을 읽는다

호사가 따로 있겠나
자족은 가까이 있고 욕망은 끝없는 것

안빈낙도라 했던가
분수를 아니 마음 편하고
마음 편하니 모든 것이 아름답다

역병이 일상을 덮어도
즐거운 마음으로 하루를 연다

6부

감자꽃 향기

장미 따는 집시 여인

하늘 머금은 장수촌 부레즈 마을
띄엄띄엄 가라앉은 나지막한 너와집
우리네 산골 너와집처럼 낯설지 않다

붉은빛 너울지는 꽃물결
장미 따는 집시 여인

검버섯 번져 나는 깡마른 얼굴
검붉게 갈라진 손바닥
헝클어진 머리

땅거미 기어오는 어스름
허리 숙인
주름 깊은 이마엔 이슬방울이

집시는 춤추고 노래하는
낭만인 줄만 알았네

삶의 무게는
어느 곳이나 닮아 있는가
핏빛 장미향이여

노숙자와 비둘기

허름한 차림의 노숙자
선잠에서 깬
빵부스러기든 비닐봉지 들고
역 광장에 나타난다
이 시간이면
그를 기다리던 비둘기 떼
먹이를 뿌리기도 전
그의 모습을 보고 잔디밭에 모여든다
먹이를 먹는 비둘기들을 본다
오직 이 하나의 즐거움을 위해
고단한 삶을 버티는가
비둘기들은 먹이를 얻고
그는 위안을 받나 보다

무슨 생각을 하고 있을까
머리 들어 하늘을 보는
커다란 눈동자에 하늘이 찬다

감자꽃 향기

빛으로 푸른 유월
정성으로 밀어 올린 하얀 감자꽃
어찌 보면
대수롭지 않은 꽃이지만

천수답에 의지해
해거리로 찾아오는 흉년을
허리띠 졸라매며 허기로 채우던 시절
하늘같은 감자꽃이였으리

지난 세월
우리 어머니들의
보릿고개를 넘는 희망이었으리

하얀 감자꽃
어머니의 슬픈 미소 같은

기분 좋은 날

마른 가슴
촉촉이 적셔 주는

봄비 내려
기분 좋은 날

성소에서

오래 살던 곳을 떠나 낯선 곳으로 이사했다
새로 나갈 성당이 이사 전부터 궁금했었다
머지않은 곳에 돌로 지은 아담한 성당
느낌이 좋다
마당에 들어서자
두 손 모아 머리 숙인 성모 마리아상이 서 있고
형제자매님들의 따스한 미소
성가대의 성스러운 성가가 울려 퍼지고
숙연한 분위기의 미사가 시작된다
한반도의 항구적인 평화를 기원하는 기도가 올려지고
형제자매님들의 정성이 바쳐진다

오늘도 기도한다
무엇을 위해 어떻게 살 것인지 인도해 주시고
우리 사는 동안 서로 화해하게 해 주소서
소외된 사람들을 잊지 않게 해 주시고
이 땅에 평화를 주소서
정의로운 삶을 살 수 있도록 도와주시고
거듭나게 하소서

누이의 빨래터

자문 밖 빨래터 오라는 손짓이 바쁘다
사방이 신기한 것들로 가득한데
맞잡은 누이의 손은 머무를 줄 모른다

굽이진 흙길 돌멩이 발로 차며
고개 넘어 홍제내

너럭바위에 물을 널어놓았나 보다
북악 골짜기에서 빨랫방망이 소리가
여울져 내려온다

먼저 온 아주머니들
수다가 시냇물에 찰랑인다

누이는 빨래를 하고
나는 냇물 풀잎 배가 되어간다

높새바람이 송글송글 누이의 이마를 닦아준다

다시 갈 수 없는 길
길가 소쿠리에 능금 팔던 아주머니들
레테강을 건넜겠지

한 손은 누이 손
다른 손엔 능금
새콤달콤 그 맛이라니

세모의 종

함박눈 내리는 저녁
일상의 소음 속에

크리스마스 캐럴이 울려 퍼지고
네온 빛이 현란하다

커피를 들고 가는 사람
이어폰을 끼고 가는 사람
손잡고 가는 연인

뗑그렁 뗑그렁
구세군의 자선냄비 종소리가
발길을 잡는다

사랑이 메말랐을까
냄비 안이 썰렁하다

얇은 지폐 한 장 나부낀다

모두가
따뜻한 겨울이었으면

신의 선물

사랑

축복인가

고뇌인가

달팽이

아스팔트
녹는 날

타는 갈증 참으며
지칠 줄 모르고

껍질이
깨지도록 달린다
시속 90㎝

여울을 그리며

7부

황금산 타이미르

황금산 타이미르

세찬 빗줄기가
방충망에 무늬 짓는
뿌연 창밖을 본다

저기 저 하늘 끝에 북극이 있고
얼음에 싸인 황금산 타이미르가 있다고
많은 사람들이 엘도라도의 황금을 찾던 것처럼
황금산 타이미르에서 황금을 찾다가
냉동 인간이 되었다나

탐욕이 부르는 파멸
우리는 종종 잊고 사나 보다

오로라가 사라지는 것을 보면서도

청령포

청령포 솔밭 길
서강 물 휘어지고

육백 년 노송의
북으로 드리운 가지는
정순 왕후를 향한 그리움일까

나어린 임금님은
시녀들과 한 서린 뱃놀이를 가셨는가
서강 위엔 침묵만 흐른다

지켜보던 *관음송도
북풍에 소리 내어 울었으리

저승의 나이 어린 임금님은
이승의 **동정곡을 들었을까

*단종이 소나무에 올라 정순 왕후를 그리워하며 북쪽 하늘을 바라보았
다는 소나무
**정순 왕후는 단종의 죽음을 전해 듣고 매일 아침저녁으로 큰 바위에 올
라 영월을 향해 통곡하며 단종의 명복을 빌었다 한다.

임진각

동강 난 산하에
봄이 옵니다

짙푸른 임진강
겨레의 염원을 아는지

아물지 않은 상처
통점을 짓누르는 녹슨 철조망

탄흔 낭자한 길 잃은 철마
통한의 기적을 울리려는가

강물 위 철새 떼 날아오르듯
너 오는 날

나
천 개의 손을 들어 너 맞으리

아
겨레여

비녀簪

솟대 위에 나래 펴는
고추잠자리처럼

다소곳이 머리 숙인 여인의
넘치지도 모자라지도 않는
단아함을 본다

올곧은 가리마
파르르 한 청옥 비녀

그리 정갈하고
순수할 수가 없다

이 땅 여인들의
표상 같다

숨겨진
정절을 보는 것 같다

도시의 애환

늦은 밤
고적하게 들려오는
메밀묵 장수의 외침

수없이 들어왔지만
왠지 오늘은
아련한 향수에 젖는다
도시 서민들의 애환이랄까

불빛 새 나오는
온돌방에 둘러앉아
고단했던 하루의 실타래를 풀며
담소를 나누는 사람들

하나둘 불빛 잦아드는 골목길을
발자국 소리 따라
싸늘한 바람이 인다

메밀묵 찹쌀떠억…

집에서 기다릴 식구들을 생각하며

어떤 세모歲暮

동트기 전
허리가 활처럼 휜 할머니가
영하 10도의 날씨에
골목에서 폐지를 모으신다

고사리 같던 손가락
게 발처럼 휘어지고
포동포동 하던 손바닥
나무껍질 되었네

자식 뒷바라지에
뼛속까지 다 비워
이젠 더 휠 허리조차 없는데

회한은
정수리에 차고
미로 같은 나날

시린 가슴 위로해주듯
등 위엔 함박눈이 쌓인다

초대 받지 못한 존재
-유기된 영아의 절규

고고의 탄성 메아리로 지고
사위가 어둠이고 벽이다
엄습하는 두려움
문명에 찌든 소음 귀청을 때린다

타자의 태양 서녘에 뜨고
천길 장막의 절대 고독이여

실낱 연줄
삭풍에 끊어져 흐느적거리고
인연을 움켜쥔 손 허공을 두드린다

자여
당신의 생만큼
내 삶도 중요한 것 아닌가

생존 현장

아침이슬을 부른다
젊은이들이 목 놓아 불렀을 노래를
뒤늦게 부른다

"태양은 묘지 위에 붉게 떠오르고
한낮의 찌는 더위는 나의 시련일지라"

만장이 염원처럼 펄럭이고
꽃상여가 뒤따른다

생존 현장은 처연하다

냉이꽃 하얀 뜰을 칡넝쿨이 덮어 온다

맑던 하늘에 먹구름 휘몰아치고
대지에 돋아나던 들풀 흙바람에 눕는다

비둘기 다리 위 나르는 봄날은 요원한가

무제

파도의 일렁임

소라의 눈

갈대의 서걱임

갈망
분노

절벽에 부딪혀
허공에 산산이 흩어지는

파도여

순천만의 애환

개개비 날아오고
갈꽃 파도처럼 뒤척이는
영혼의 안식처

아픔을 노래하는가
갈대밭의 서걱임

휘어져도 휘어져도
꺾이지 않는

바닷물에 쓸리고 바람에 밀려
질곡의 세월을 넘는

그 끈질긴 생명력
뿌리로 깊어 천년을 가리

처연한 갈꽃의 몸부림
선혈처럼
노을이 물든다

밑이 허공인 사다리

며칠 있으면 전국체전이다

나는 축구선수다
좋은 성적을 내기 위해
오늘도 혼신의 노력을 다한다

중학교 입학했을 때
동아리에 들어가야 했는데
미술이나 음악 동아리에 들어가고 싶었지만
미술이나 음악은 학원에 다녀야 한단다

아빠가 하반신 마비로 집에 누워 계시고
엄마가 생계를 이어간다
내키지 않지만 나는 축구부 동아리에 들어갔다
축구부는 유니폼도 학교에서 주고 축구화도 주어서
나는 뛰기만 하면 된다

여자가 축구선수로 산다는 것
나에게도 날개가 있었으면

땀에 젖은 유니폼을 손빨래하며
내일의 환희를 날아본다

8부

귀향

귀향

이팝나무꽃이 팝콘처럼 터진다
커피 든 연인 살가운 눈길

오늘은
친구의 병실을 다녀오는 길
가까운 사이는 아니었지만
친구라는 이름으로 오십여 년을 함께했다

초점 잃은 시선
몰아쉬는 숨소리가 안쓰럽고
지난 일들이 새롭다

죽음 앞에 선
삭풍에 굴러가는 가랑잎 같은 존재
임종의 시간을 기다릴 뿐

홀로 나서는 길목
어찌 아쉬움이야 없겠는가

허허로운 저승길
같이 할 길손이나 있을는지

은빛 노을

푸르던 하늘에
은빛 노을 드리우고

오동잎
떨어져도

이른 봄
산수유 홍매화
다시 피겠지

그해 유월

그해 유월

미명의 하늘을 갈갈이 찢던
포성은 잠들었다

반세기가 훨씬 지난 지금

아직 응석 부릴 나이
중3 학도병이 가슴에 안고 간 편지는
우리를 전율케 한다

오늘 전투에서 죽을 것 같다는

포탄이 눈앞에서 작렬하던
그날의 소름 돋는 공포를
우리는 천분의 일 아니 만분의 일이라도
헤아릴 수 있을까

그에게 무슨 그런
시련을 감당해야 할
업보가 있었을까

오늘
전투에서 죽을 것 같다는
절박한 토로 앞에
우리는 무릎을 꿇는다

우리에겐
동강 난 산하의 허리를 잇고
천고에 빛나는
열강의 반열에 올려야 할 책무가 있다

귀뚜라미의 기원

어둠이 발을 내리면
적막은 창을 열고

숲속 귀뚜라미
구원의 노래 부른다

밀물져 오는 그리움을
달래는 몸부림일까

밤새워 님을 찾는
발돋움일까

여린 떨림은
달빛에 메아리 지고

애절한 기도는
풀잎을 적신다

가야伽倻의 소녀

목련이 진다
떨지도 못하고
하얗게 목련이 진다

얼마나 두려웠을까
두려움에 몸서리치며 나서던 길

뒤돌아보며 따라간다

지체 높으신 분과 함께 순장殉葬된
가야의 15세 소녀

3D로 복원된 모습에서 그 애잔함을 본다

사랑에 눈뜨던 애진 눈망울
그 아쉬움을 꽃잎으로 덮는다

그래서 소쩍새는
밤마다 슬피 우나 보다

폼페이의 연인

사르누스강 바람에
그리움 밀려 오면
젊은이들은
지중해 태양 이글거리는
해변에서 여유를 즐겼으리라

검투사에게 열광하던
원형경기장 관중들
일상은 평화롭고 행복했겠지

베스비오 화산이 천년의 잠에서 깨어나던 그 날도
연인들은 사랑을 맹세하며
손잡고 아본단차 거리를 걸었으리

땅이 흔들리고 불 쏟아지는 아비규환 속에서
부둥켜안고 화석이 된 연인

내가 죽고 네가 산다면
내가 죽고 네가 산다면

운명의 그 날
영원의 사랑은 순간에 스러지고
재 속에 묻힌 허무

전장에 핀 꽃
－항우와 우희

강철보다 강하고
*천하보다 귀한 사랑

찢어지는 가슴 안고
파랑 같은 불길 속을
**오추마는 뛰어드네

구천보다 깊던 사랑
아쉬워 서러워

비단 치마 머리에 쓰고
가슴에 핀 장미꽃
***해하에 흩어지네

*항우는 우희를 천하와도 바꿀 수 없다 했다.
**항우의 애마
***우희가 자결하려 뱃전에서 뛰어내린 강(중국 허베이성 소재)

호로고루

마식령에서 시작한 물
고랑포를 휘감아 돈다

호로팔경 철쭉
노을처럼 불붙는데
황포돛배 강물에 잠겼나

호로고루 성루에서
임진강 굽어보던 초병아

하늘 찌르던 수성의 의지는
세월에 묻혀
동벽東壁만 남았구나

신라 고구려가 맞붙고
남북이 겨루던
혈전의 장이여
선혈의 흔적이여

*삼국시대 성곽(경기도 연천 소재)

아이 잃은 슬픔

동네 개구쟁이
강아지와 장난치는 모습 보며

지나가던 여인
눈물짓네

꿈

밝은 어두움
오누이 자작자작 걷던 황톳길
여우비 그치면 물장구치던
모래알이 반짝이는 수심
삽다리 사이로 살아 오르는 날개
물결을 가른다

머리에
지등 밝히고
여울을 거슬러 오른다
빛이 되어라
어두움 사르는

9부

기러기 오딧세이

세월의 꼬리를 잡고

해 질 무렵
참새 떼 날아들던
키 큰 미루나무

앞 개울
물놀이 하던 애들

건넛마을
점순 언니 볼기짝 보고
뭣 봤다고 소문낸 녀석

귀싸대기 맞고
얼굴 벌겋더니

지금쯤 로맨스 그레이

세월이 빠르다더니
내겐 테제뵈였네

시간이
이리 빠른 줄 알았으면
타임머신 수업이나
받아둘 것을

시간의 빗금

세월의 매듭을
고뇌로 푼다

시간의 빗금 사이로
언뜻언뜻 보이는 인연

백합꽃 꽃술에 내린
밤비

더운 머리 짚어주던
애지고 따습던 숨결

망각의 강 건너

닳아진 상념에
흰 국화 몇 송이
향이 피어오른다

삶의 조각

오래 쓰던 인터넷 회선을
이사 관계로 해지하기로 했다
해지 요청을 하자
남자 상담사가 자세한 안내를 해 준다
이사하면 그곳에 이전 설치해 주겠다고
아니면 당분간 소액 부담으로 휴지해 주겠다고
하지만 나는 단체 회선이어서 동의해 주지 못했다
그는 유지하려 설득하고 나는 해지하려 종용하고
그 이면이 보이는 것 같다
나는 번거롭고
그는 업무실적에 불이익이 있을 수 있고
또 그 뒤에는 가족이 있을 수 있다
마음이 안쓰럽고 착잡하다
그러나 어쩔 수 없는 일 아닌가
내키지 않지만 해지하고
해지 통보를 받고
전화를 끊는데 마음이 편치 않다

시냇물 졸졸 흐르는 정겨운 산마을이 그립다

나비야 나비야 하얀 나비야

해지는 가을
시린 가슴 열어 별을 찾는다

시간에 실려 가버린 것들

땅이 흔들리고
섬광이 하늘을 갈랐지

모천을 찾는 연어의 유영은
얼마나 간절할까

나비야 나비야 하얀 나비야
날개 꺾인 하얀 나비야

꺾여 나간 여린 날개는
다시 돋아날 거야

못다 한 설움에 얼굴을 묻는다

나비야 나비야
날개 꺾인 하얀 나비야

천사처럼 날아올라
밤하늘 별처럼 흐르렴

붉은 소리

꽃피고
해 맑은 날

챙, 챙, 챙,

머리에 박혀오는
기계음과 합성 된소리
의료기 속에 누워 듣는다

생의 원초적인 소리
우리는 이 소리로 인해
사랑하고 증오하며 아귀다툼한다
사랑하기에도 모자라는 삶을

이 소리 끝나면 그만 인 것을
천년을 살 것처럼

정말 모를 일이다
왜들 그러는지

챙, 챙, 챙…

기러기 오딧세이

서녘 하늘
붉은 노을

짝 잃은
외기러기

서그런 날갯짓

황매산 가는 길

계절은
신록을 스쳐 녹음으로 간다

"철쭉 지면 봄 가고
아카시아 향 퍼지면 여름 온다"는
산꾼들의 속설이 있다

그 아프던 여름이 또 오나보다

버스는 남쪽으로
이팝나무 하얀 터널을 돌아
함양 지나 산천으로 달린다
대숲이 보이고 찔레 하얀꽃이 웃는다

콧노래가 절로 나온다
산 언덕 다락논엔 그림처럼 모판이 깔려있다

차창 밖으로 멀리 붉은 능선이 보인다
황매산 철쭉이다
버스 안에선 함성이 터진다
마음은 벌써 꽃 능선을 넘는다

보고 싶은 날

하는 일이 힘들고 고달퍼
울적한 마음에
목적지도 없이
완행열차를 탄다

덜거덕덜거덕
옛 생각이 깨어난다

그녀와 걷던 영랑호반을
해바라기 하던 해변을

허술한 간이역
길손이 서러운 찻집에서
그녀가 좋아하던 모과차를 마신다
눈시울이 뜨겁다

함박눈이 내린다
떠오르는 그녀의 환한 얼굴

다시 만날 수 없어
더 아리고 그립다

꽃비 내려 좋은 날

꽃비 내려 좋은 날

연분홍 복사꽃 살구꽃

꽃잎이
머리에 어깨 위에 떨어진다
눈 가득 꽃들의 향연이다

뭉게구름처럼 피어나는 꽃구름

여인은 사진을 찍고
애들의 깔깔대는 웃음소리
비눗방울처럼 날린다

어제
섬진강 나루에 꽃비 날리더니

멀리서 쑥국새 울음소리 들린다

빨간 손수건

오늘같이
좋은 날

동구 밖
실개천에 나가
그녀가 쓰다 주고 간
빨간 손수건

맑은 물에 헹구어
풀잎 언덕에 널면

오월
싱그런 햇살에
내 마음도 하얗게 마를까

뱃전에 보낸 그리움

뱃전에
기대인 그대 모습
인드라망에 맺힌
이슬이여

중지에 반짝이던
에메랄드 영롱한 빛이여

클레오파트라가
그토록 보석을
사랑했음을 알겠네

일렁이는 물결
홍도 절벽에 부서져도

그 깊던 눈빛을
흘려보낸 미소를
잊을 수가 없구나

그 오월은
돌아오지 않는
추억을 남기고 갔어라

이별 없는 사랑

중년 남자가 버스에 앉아
핸드폰에 있는 여자 사진을 모두 지우고 있다

만남은 이별이라 했지만
이별 없는 사랑은 없는 것일까

해설

타자를 향한 시선,
조화와 긍정의 시학

정연수(평론가, 문학박사)

타자를 향한 시선, 조화와 긍정의 시학

정연수(평론가, 문학박사)

시는 시대의 온도계이며, 시인은 인류의 스승이다. 의식이 깨어있는 시인의 길은 구도자의 길과 같다. 옳고 참된 것을 지키며, 부조리한 것에 맞서는 지식인의 길이기도 하다. 시인의 정신을 언어로 조탁하여 리듬으로 담아내는 것이 바로 시의 예술이다. 김성수 시인의 시에는 사상의 깊이 외에도 외로움처럼 인간의 심연에 자리한 원초적 정서가 감동을 자아내고 있다. 불교와 기독교(가톨릭)의 종교가 조화를 이루고, 현대와 전통이 조화를 이루는 점도 특징이다.

사르트르는 문학에 있어 세 가지 질문에 답해야 한다고 했다. 왜 쓰는가? 누굴 위해 쓰는가? 무엇을 쓰는가? 독자 역시 세 가지 질문을 상기하면서 문학 텍스트를 접해야 하지 않을까. 왜 읽는가? '나'의 어떤 것을 위해 읽는가? 무엇을 읽는가?

시의 독자들은 언어의 리듬과 상상력을 접하는 맛에 시를 읽는다. 그 상상력 속에서 시인의 심연에 자리한 웅숭깊은 사상을 만난다면 더없이 즐거운 일이다. "사박사박 밟히는/마사토 소리/정신이 맑아 온다//산사의 목탁 소리/혼을 닦는가"(「도봉을 오르며」)에서처럼 풍경과 정신이 씨줄과 날줄로 잘 얽힐 때 시의

146

맛은 살아난다. '마사토 vs 정신', '목탁 소리 vs 내면 수양'이 대
구를 이루면서 의미를 확장한다.

선운사
옛 연인의 이름 같은

풍경소리
달무리에 스미는 밤

스님은
해탈을 염원하며
목탁을 두드리고

졸음 겨운 동자승은
달마가 버리고 간
신발을 찾는가

그곳에 가면
동박새 꿀을 따는
동백이 있고

가는 허리 휘청이며
임 부르듯

한 맺힌
그리움을 토해내는
상사화가 있다

그곳에 가면

ㅡ「그곳에 가면」 전문

시집의 표제가 된 작품인데 시적 완성도가 높다. 언어의 예술인 문학 중에서도 시적 장르의 특징은 간결함을 가장 중요한 특징으로 한다. 시를 문학의 꽃이라 부르는 것도 간결함이 빚어내는 리듬과 무한의 상상력 때문이다. 「그곳에 가면」은 이 모든 것을 다 충족한 셈이다. 초반부에 등장한 "옛 연인의 이름 같은" 선운사의 리듬이 후반부의 "한 맺힌/그리움을 토해내는/상사화"와 연결되면서 다양한 스토리를 생성한다. "풍경소리/달무리에 스미는 밤"이 보여주는 시각과 청각이 어우러진 공감각적 상상력이라든가, "해탈을 염원하며/목탁을 두드리"는 스님과 "졸음 겨운 동자승"의 풍경이 대비를 이루며 산사의 평화를 그려냈다. 이야기도 풍부하거니와 시의 정경의 한 편의 영상처럼 잘 그려져 있다.

그대여,

꽃잎 진다
서러워 마오

무지개 뜨는
노을도 있어라

ㅡ「인생」 전문

우린
전생에 오누이였나

이
낯설지 않음은

ㅡ「첫 만남」 전문

사랑

축복인가

고뇌인가

ㅡ「신의 선물」 전문

　위에 인용한 세 편은 5행 이내의 짧은 시이지만, 이야기 구성
은 모두 갖추었다. 언어의 경제성을 중시하는 시적 장르의 특
징을 잘 지키면서도 다양한 실험의식으로 시의 틀이 지닌 한계
를 극복하려는 창작 태도를 짐작하게 한다. 「인생」에서는 5행
구성으로도 행과 연을 모두 담았으며, 「첫 만남」에서는 두 연의
이야기 연결을 통해 정감의 폭을 확대했으며, 「신의 선물」에서
는 각 행을 독립 연으로 구성하여 처리했다. 이러한 짧은 시는
창작 과정의 실험적 의도이자, 압축미와 여백미를 강조하는 의

도이기도 하다.

　김성수 시인의 시집 『그곳에 가면』은 다양한 사유의 세계를 다루고 있다. 사찰기행이나 삶의 과정에 대한 사유가 있는가 하면, 사랑과 그리움에 관한 풍부한 감성적 측면도 담고 있다. 또 주변 사람과의 인연을 다루는 가까운 시선에서부터 역사와 사회, 그리고 통일에 이르기까지 대사회적 발언도 담았다. "이 그리움//가슴에 묻어 두면//진주가"(「가을」 전문) 같은 짧은 시편에다 계절과 정서를 다 담은 것을 읽을 때는 일본의 하이쿠가지닌 맛을 우리 한국의 현대시에서도 구현할 수 있다는 든든함을 얻는다.

　계룡산 산자락/사락사락 잎 진가지//건너던 돌다리/맑은 물소리 변함없는데//까까머리 친구들 다 어디 가고/느티나무 속 비어/나를 반겨주네//소슬바람에 나부끼는 흰머리/대웅전을 거닌다

　─「갑사에서 온 편지」 부분

　승복 입은 여인/무릎 짚어가며 절 길을 오른다/무슨 사연이 있는 걸까//나도 한 짐 속세를 지고/숨을 몰아쉰다//(중략)//산사의 풍경소리/사바를 나섰는가//요사채 담 밑엔/소국이 하얗다

　─「봉정사」 부분

　삼천 궁녀의/꽃다운 젊은 넋을 보았을까//천년을/보았을 능

150

가산은 말이 없고/나그네/발길은 무겁기만 하다

–「내소사」 부분

어둠에 짓눌린 적막 속에//뒤뜰에 떨어지는/미황사 풍경소리//시름에 잠긴 나그네/밤을 뒤척이네

–「보리꽃 피는 밤」 부분

갑사, 봉정사, 내소사, 미황사 등 여러 사찰이 등장하고 불교적 색채가 짙은 작품이 제법 많다. 등산길과 사찰이 만나고, 그 과정에서 무·무상·비움 등의 세계와 만났을 것이다. 그렇다고 김성수 시인이 불교에 함몰되는 것은 아니다. 오히려 개인적 신앙의 기반은 「성소에서」라는 작품에서 드러나듯 가톨릭에 두고 있다. 가톨릭과 불교의 세계가 닮아있다고 이야기하는 성직자들도 많은데, 김 시인은 종교의 구분을 뛰어넘어 내면의 깊이를 추구하는데 주안점을 두고 있다. "우리 사는 동안 서로 화해하게 해 주소서/소외된 사람들을 잊지 않게 해 주시고/이 땅에 평화를 주소서/정의로운 삶을 살 수 있도록 도와주시고/거듭나게 하소서"(「성소에서」)라는 구절에서 시인이 지향하는 바가 드러난다. 갈등과 반목을 넘어서는 화해, 소외된 이웃을 향한 애정의 시선, 평화의 정의, 거듭나는 새로운 삶이 바로 김성수 시인이 지향하는 세계이다.

목련이 진다

떨지도 못하고
하얗게 목련이 진다

얼마나 두려웠을까
두려움에 몸서리치며 나서던 길

뒤돌아보며 따라간다

지체 높으신 분과 함께 순장된
가야의 15세 소녀

−「가야의 소녀」부분

　목련꽃과 순장된 소녀를 연결한 이 시는 스토리뿐만 아니라
언어미학까지 잘 갖춘 완성미가 높은 작품이다. 또한, 타자의
고통에 감응하는 김성수 시인의 정신을 보여주는 작품이기도
하다. 순장된 소녀를 보는 시인의 시간은 현재가 아니라, 그 소
녀가 죽기에 앞서 걸었던 마지막 걸음의 시간으로 설정되어 있
다. "얼마나 두려웠을까/두려움에 몸서리치며 나서던 길//뒤돌
아보며 따라간다"는 대목은 소름 돋을 정도로 감동이 있다. 타
자 윤리학 개념을 세운 철학자 레비나스는 타자를 동일자 이상
으로 환대할 것을 주문한 바 있다. 순장된 소녀가 두려워하면서
걸어가는 그 마음을 알고, 오래 세월 전에 이미 미라가 된 그 소
녀의 고통을 기억하는 것이야말로 타자의 윤리학이다.
　김성수 시인의 이러한 자세는 시집 곳곳에 담겨있다. 인터넷
을 해지하는 과정에서 직원이 업무실적에 불이익을 받지 않을

까 걱정하는 「삶의 조각」이 있고, 폐지를 모으는 할머니에 대한 마음을 담은 「어떤 세모」가 있다. 김 시인이 "소외된 사람들을 잊지 않게 해주시고"(「성소에서」)라며 소망하던 것이 단순한 기도문이 아니라, 소외된 이웃을 향한 따뜻한 애정의 실천적 행위라는 것을 확인한 셈이다.

창문 두드리는
빗소리는
임의 발자국
소리인가

능소화
애련한 기다림은
담을 넘는데

보고픈 마음
주홍으로 물들어
못 잊는 슬픔에
또 떨어집니다

담 밑에
주홍빛 그리움은
임 위한 꽃방석일까

–「능소화 지는 밤」 전문

기다림과 그리움의 정서를 능소화에 감정 이입하여 형상화한 작품이다. 빗소리를 임의 발자국으로, 담을 넘는 능소화를 기다림의 몸짓으로, 그리움의 마음을 주홍빛과 "담 밑에/떨어진" 꽃으로 시화하고 있다. 기다림과 그리움이라는 추상적인 세계를 '비와 능소화'라는 구체적 사물을 통해 그려내고 있다. 이러한 창작기법은 시를 잘 쓰는 시인과 잘 쓰지 못하는 시인의 구별 지점이기도 하다. 시가 선명한 심상을 드러내는 것은 김성수 시인의 시적 재질이기도 하다.

서녘 하늘/고운 노을//짝 잃은/외기러기//서그런/날갯짓
(「기러기 오디세이」)

해풍에 물드는/연보라 꽃잎//시월 바다 외로워/몸을 터는 가//바위틈에 번지는/쪽빛 그리움
(「해국」)

선홍빛 노을 지는 수평선/갈매기 반겨주는 외로운 섬
(「독도 예찬」)

기러기 울음 따라/낙엽이 가슴 깊이 쌓인다//해마다 지는 은행잎이/올해는 왜 이리 애잔할까?
(「가을을 보내며」)

그리움에/잠 못 이루는 밤/소쩍새 애달피 울어
(「첫사랑」)

그리움은 때로 외로움을 동반하고, 외로움은 때로 설움을 동반한다. 외로움이 타자의 것이 될 때는 애잔함이 되기도 한다. 그리움과 외로움(애잔함)의 정서를 동물과 식물에 조화롭게 연결하여 시화하고 있다. 식물(해국, 은행)과 새(기러기, 갈매기, 소쩍새)의 자연물이 인간의 그리움과 외로움의 정서와 어울리면서 그 모든 세계가 자연이라는 사유로 내면화하고 있다.

남녘에선
산수유 매화가 한창이란다

계절이 바뀌면
옛 친구도 생각나고
헤어진 임도 그립다

저기 꼬리 감춘 신작로
봄이 오고 있다

－「봄이 오는 길목」 부분

자연과 더불어 사는 생태주의 시선이 드러난 작품이다. "저기 꼬리 감춘 신작로/봄이 오고 있다"는 감각적인 표현에서는 식물적 상상력이 돋보인다. 김 시인의 시편 곳곳에 동물과 식물 등의 매개체가 등장하는 것은 자연주의적 삶을 지향하는 사상이자, 생태주의적 자세이기도 하다. "죽음 앞에 선/삭풍에 굴러가는 가랑잎 같은 존재"(「귀향」)라고 인정하는 구절 역시 자연에 순응하는 태도이다.

등잔불 흔들리는 저녁
밥 달라 칭얼대는
어린 동생을 재워놓고
허기진 집을 나선다

버려진 땅
황토 가루 날리는
피 같은 정든 마을 떠나
밤차에 몸을 싣고

녹두장군
핏발 서린
만경 뜰 뒤로하고
안갯속을 달린다

지리산에 찢기고
섬진강에 피 흘린
목 꺾인 깃발을 치켜든다

봉천동 산 번지에서
신림동 달동네에서

평화 시장에서
YH 현장에서

중동에서
탄광촌에서

속까지 다 삭아야 제맛 들었다 할 건가

－「홍어」 전문

　녹두장군이 사회의 부조리를 보며 일어선 것처럼, 그 정신은
만경, 지리산, 섬진강, 봉천동, 신림동, 곳곳에 서려 있다. 달
동네, 평화 시장, YH 현장은 우리 시대의 부조리와 모순이 축
적한 현장이기도 하다. 마지막 행에서 일갈한 "속까지 다 삭아
야 제맛 들었다 할 건가"에서는 사회를 향한 울림이자, '홍어의
맛'으로 승화하는 희망을 놓지 않는 긍정적 자세이기도 하다.

　푸르던 하늘에/은빛 노을 드리우고//오동잎/떨어져도//이른
봄/노오란 산수유 홍매화/다시 피겠지.

－「은빛 노을」 부분

　천수답에 의지해/해거리로 찾아오는 흉년을/허리띠 졸라매
며 허기로 채우던 시절/하늘같은 감자꽃이었으리//지난 세
월/우리 어머니들의/보릿고개를 넘는 희망이었으리

－「감자꽃 향기」 부분

휘어져도 휘어져도/꺾이지 않는//바닷물에 쓸리고 바람에 밀려//질곡의 세월을 넘는//그 끈질긴 생명력/뿌리로 깊어 천년을 가리

　　　－「순천만의 애환」 부분

동강 난 산하에/봄이 옵니다//짙푸른 임진강/겨레의 염원을 아는지//아물지 않은 상처/통점을 짓누르는 녹슨 철조망

　　　－「임진각」 부분

　김성수 시인의 시선은 사회를 보는 눈, 시대의 온도를 재는 눈, 비판적 지식인의 눈, 생태주의를 지키는 눈 등으로 다양하게 변주된다. 시인의 시선은 예리함을 잃지 않으면서도 감성적으로 형상화되어 있다. '오동잎 떨어져도 산수유와 매화가 핀다'는 낙관적 긍정의 「은빛 노을」이라든가, 가난의 세월을 견딘 「감자꽃 향기」, 생태주의적 삶과 믿음을 드러낸 「순천만의 애환」 등에서 삶의 희망을 읽는다. 한편 「임진각」은 통일문학을 연구할 때 활용할 수 있는 좋은 자료이다. 시인은 다양한 눈높이에서 사회를 보면서 절망과 희망을 함께 아우르고 있지만, 끝내 희망은 놓지 않는다. 긍정적인 시선을 끝까지 견지하는 태도가 김성수 시인의 자세이기도 하다. 독자들이 이 시집에서 삶에 대한 긍정의 가치를 함께 읽기를 기대한다.

그곳에 가면

김성수 지음

발 행 처 · 도서출판 청어
발 행 인 · 이영철
영   업 · 이동호
홍   보 · 천성래
기   획 · 남기환
편   집 · 방세화
디 자 인 · 이수빈 | 김영은
제작이사 · 공병한
인   쇄 · 두리터

등   록 · 1999년 5월 3일
(제321-3210000251001999000063호)

1판 1쇄 발행 · 2021년 5월 20일

주 소 · 서울특별시 서초구 남부순환로 364길 8-15 동일빌딩 2층
대표전화 · 02-586-0477
팩시밀리 · 0303-0942-0478

홈페이지 · www.chungeobook.com
E-mail · ppi20@hanmail.net
ISBN · 979-11-5860-946-7(03810)